歌集

薬医門

今尾謦子

砂子屋書房

今尾醫院

＊目次

装本・倉本　修
題簽・平井　弘

歌集　薬医門

薬医門

深雪に戸をくりたれば薬医門の鬼がわら転がり雪に目を剝く

守りくれし七福神のさらわれて土塀は冬の星置くばかり

黒豆もふっくらつややに草石蚕《チョロギ》添えもうすぐ新玉若水汲まむ

素心蠟梅香のただようは雪残りおる少林寺の庫裡の方より

しもやけの亡《は》姑《は》の赤き手思いつつ屠蘇器をぬるき湯につけ洗う

初立ちの子が乳の香ののこりいる小さき肌着ゆるゆるたたむ

十両の赤き実つぶら坪庭に千両万両とめでたさ競う

四代に診てもらいしとう翁あり祖父は小柄な先生《ひと》なりしとか

年始客の三三五五と帰りゆき家内六人七草粥食む

みたり子は夫が道ゆきわが頭越えてとびかう医学用語は

わが居間に根を生やしたる男性軍のにわかに国を憂うひれ酒

テロありて自衛隊機はとびたてり基地の空もつ不安のよぎる

九代目に生まれし男の子は混迷の日本の医業継ぎてくれるか

ふた誕生迎えしばかりに聞き分けのよき姉となり指しゃぶりいる

湯上がりの走りゆく子に追いつきて髪乾かせば甘き香のたつ

「いまだ住む有形文化財に」とや箱階段をキュウと鳴らすは

雨漏りは上玄関の格天井《ごう》夫の溜息きこえてきそう

萌葱の春

カタコトと電車の響き春はまずわが聴覚を伝わりて来る

いつの日か蝶のように舞いたいとパンジー今は耐えて地に咲く

屠蘇揃出さむと入れば古文書の蔵より江戸へつづく道ある

初雪に南天しなう門松はことしも夫が竹切りくれたり

暖かな光りを受けて老犬の細めしまなこに春うつりいる

初詣になんの執着信心の深きにあらぬわれの歳歳

去年には四代揃いてさざめけど母の欠けたる母の日暮れる

黄泉路へとつづく井戸ある珍皇寺母に逢わむと訪ねきたりぬ

老犬を探しに出でて転びたる目にカラスウリの朱のつき刺さる

唐突に弁当ひろげる老いひとり昼の電車は咎めるもなし

凍てつける月を刺すような桜枝の先にひそかに春とまりいる

老犬の姿消えたる日溜りに二羽の雀が餌を拾いおり

それぞれに親の託せし思い秘め嫁三代のひいな並びぬ

サクサクと踏みゆく霜に嗅ぎつけて犬が萌葱の春に尾をふる

摘みたての菜花のお浸し盛りゆくにさ緑のなか春覗きおり

帰りたるツバメに軒下明るめば海渡り来し話題賑わう

能登

根切られし門前の桜咲きたりと夫を呼びきてしばし見上げる

うららかな陽射しなれども吹く風に門前の桜咲き惑いおり

降りかかる桜にこころ奪われて足危めたり夕やみの庭

淡々と七針懸けしとわが足を衣縫うがに夫は言いぬ

母逝きて人住まぬ庭にシデコブシ白じろ咲きぬ在りし日のまま

母さんの手がなくなって庭の梅どれだけ落ちていようと漬けぬ

黄素馨《きそけい》と書かれし花の咲ける朝いただきし人の声を聞きたし

西明寺に母とながめし四季桜訪えば小さき花咲かせいる

岐阜大垣米原金沢輪島能登ローカル線で行く旅もよし

夜も更けて着きたる宿の海にして裡と分かたぬ黒さただよう

明けくれば棚田の下は能登の海漕ぎでし船は舳倉をめざす

逃れ来て義経弁慶隠れしとうさもあれ能登金剛の洞窟

長旅のクライマックスはおかえりと幼らつくる笑顔よこれね

志野に活ければ網目透く花貝母春のひと日をうつむきて咲く

三十年勤めてくれし看護師の別れの言葉はうるみ声なり

一期一会の心いつしか忘れいしいつか別れは待つと知りつつ

絵画数点

思い出せぬまま別れこし人の名が異物のごとく喉を詰まらす

一会の縁蔵いおくべく城崎に麦わら細工の筐を買いたり

『城の崎にて』癒せしものは山手線に負いし傷のみならずよ直哉

藍染の浴衣の袖に手をとおし香のよみがえる母を顕たする

捥ぎたての茄子に胡瓜とトマト添え今朝の食卓旬の夏なり

裏藪に春より鳴きいし鷺の群れ巣立ちゆきしか静けさ戻る

台風の吹き散らしたる桜葉にならび仰ぎし花の日おもう

徳川園めぐれるわれの小さきが資産税など試算している

大涌谷の硫黄に酔いし友を巻き谷の底より霧は登り来

「一個食めば七年延命」大涌谷の黒卵十四年ぶんをいただく

十六夜の月の光りのこぼれいて芝の穂先を黄金に立たす

求めこし湯ノ花饅頭ぬくきまま月に託さむきみ待つもとへ

暮れなずむ湯けむりのなか今宵待つ赤いと噂の伊香保の月を

伊香保なる月の赤いはかくばかり夢二の恋の燃えしならむか

ひっそりと寄りし夢二の庵には人影もなく絵画数点

ご用菓

赤出しのほかは好まぬ夫《つま》なるに嫁のミックス黙もくすする

腰を引く幼ら横目にこれは口これは肛門なまこさばきぬ

わたしなら食べたかろうと犬の身になってスイーツ与えてしまう

探し物することなければ一日はきっと少しは長いだろうに
モグラモチの穴の暗がり誘いいる何もみえぬは解っているが

七宝の透きとおるがの黒あれど並河靖之超えるはなけむ

産みつけし束子の卵稚魚となり緋めだか日ごと色濃くなりぬ

庭の巣に啼きておりたる百舌の雛攫われゆきしか今朝は聞こえず

一夜にてシロアリの出し古井戸に驚きて子ら逃げてゆきたり

逝きし人の裡に占めるが広すぎて立て直すにも支柱が足りぬ

重箱に息吹きかけて角を拭くこころの曇り拭えぬままに

目によくて肺にもよくて早起きの徳の三文犬と分けあう

葉を擦りてすすり泣くとう枇杷なれどアミグダリンとう毒かくしもつ

花嫁のチュールに咲きし花のよう白き山茶花はな言葉「ひたむき」

海の青グラスに映しこの夏の葉山はロマネ・コンティに酔う

ご用菓は「雅の菊」とう文様の重おもしさをためらいて食む

ナハトムジーク

八重椿ぽたりと落ちて苔庭のみどりにひとつの焦点となる

球根を植えたるは亡母芽のいでし貝母に鐘形の花けさ開く

庭の花を打ちしだきたる夜の雨裡なる花をも流してゆきし

移ろいは人の心のうえにもあり色移りゆく庭のあじさい

芭蕉布の単衣まとえばシャキッとせよ耳元にきて亡母の声する

婿がパリに留学すると聞きしよりボンヌイムッシュ心とびたつ

蓼科の小さなホテルに聴いたわねアイネ・クライネ・ナハトムジーク

ミッソーニの色の魔術も敵うまいせせらぎ街道紅葉あやなす

故郷を思いて濡れむ求めたる烏賊の黒目に光るものあり

たつ湯気の向こうの亡母に語りつつ湯葉を掬えり滝を背にして

紅葉の天生峠によぎりたる鏡花の『高野聖』あやしむ

逝きし友を送りて帰るプラットホーム寒風のなか肩を寄せあう

橋脚の間あいにのぞく伊吹嶺に今朝ひと筆の白加わりぬ

工場のあかりいまだに煌々と遠くにひびく火祭りの音

薬師堂開帳の朝嫁に所作教えむとするに亡姑《はは》来てわらう

雪子

カーテンに春はまどろみ梅便りのせくる東風《こち》の届くのはまだ

ガラス戸に頬よせて見る春の雪春待つような亡姑《はは》の名は雪子

花みこしワッショイかつぐ幼な声にここはご祝儀はずむとするか

待合の卒寿が傘寿を若いという会話に調剤の手がとどこおる

吾子のこと褒められしがにこそばゆし門前の桜を人のほめゆく

鈴の鳴るおもちゃ上枝《ほつえ》に隠しおる鴉は山の子思いて鳴かむ

温もりのほしくて布団ふたかさねねず色屋根の春に託しぬ

まあるくて小さくて赤いさくらんぼ口に含みて少女に還る

ほんわりと味蕾がひらく初物の土筆のにがみ卵とじ食む

梅の香と土の匂いを綯いまぜに東風にのりきて春まだ幼な

暮れてより着きし海辺のねぶたの湯まどろみて来て漁火に会う

石巻に牡蠣ずるずると三年をさまざまに経し痛みむさぼる

被災地の瓦礫に水仙凛と咲き黄の明るさが未来を展く

宵よいの桜の精のなす宴のぞく目がある啓蟄すぎて

境内の梔子の香に気づきしは仏教婦人会の役終えしとき

家路への道をさえぎる赤き月今宵はバラと見えしクレーター

鬼子母神

夜来なる風が散らしし沙羅の木の白き花より幽か琵琶の音

今年の梅器にわけて娘らに亡母の塩っぱき気持ちをなぞる

夕空に鳥と鷺の争うはどっちもどっち黒ぐろとして

頑なにここに置きしと言い張りしばかりに他所より書類出でくる

ポニョを観たあとは迷子の聡介を探しまわりぬわが鬼子母神

園児ひとりに付き添う六人少子化は裸の王様日々増やしゆく

もう乗らぬと思いしスプラッシュマウンテン心臓四方へ飛び散る

手を広げ八つ手が待てととび出すは放射能の怖さ話さむがため

王者とてもてはやされし木斛の枯れても庭に凛として立つ

望月を湯船に浮かべ月見せむと窓あけ招けど雲がかくしぬ

北にきて立待岬　啄木の墓碑というなるさびしさに会う

旅の人わたしが見られている間にも羊蹄山は白雲かぶる

北の島根に朽ちゆく無念歌にこめ土方歳三散る五稜郭

落ち葉たく子らの真顔が芋を待つ満天星まっ赤ほっぺもまっ赤

家路へと刈り田の畔をぬけたれば三日月あかりに橋が待ちいる

そろそろと雪のせてゆく笠地蔵きいろい傘が七つならんで

レノンの椅子

血管の浮きし手なれど生きている証しの爪と思いつつ切る

逝きし犬ほどに心の繋がらぬ留守番セコムの無線往き来す

暗闇に五本のさくら白く浮き妖気が酔いのまわりを誘う

鎌倉の小町通りは人ひとひと袖の触れあうひとみな知らぬ

港の見える丘をめぐれば外人墓地に眠れる魂の気配のうすき

港横浜映すグラスに古きことワインに溶かしそっと飲みほす

ふと覚めて繰るカーテンに人数多みなとみらいは眠らぬらしき

去年《こぞ》の春ジキタリス共に眺めしにひっそりといま花陰のひと

「早よ採れや」声するような梅の下そそくさ通る水無月十日

スーパーのネオンあまりに眩しくて白妙まといし天女落ち来む

五十鈴川わたり参拝すませればもうぞろぞろと赤福のまえ

血管ゆこぼれたる血の固まりと無聊のわれの見し吾亦紅

苔のむす桜の幹の大きな洞に手を入れみれば鼓動とくとく

せせらぎと香魚の味に思い出すあのときの風　川床の夏

押し入れに子らかくれんぼもういいかい夏の布団に圧縮されて

行く先のもう決まりたるいまとなり爪を噛むとう悪しき癖つく

レノンの椅子に委ねてレット・イット・ビー聴けば忽ちわが夏となる

青洲の母

境内の蠟梅の香も凍てるほどの今朝の寒さよ雪に埋もれて

閃光にとつぜんの雷とどろきて闇に子犬のわななくばかり

戦争の気配はいまにゲルニカの瀕死のものら立ちあがりこむ

青洲の母ならざるにわが鼻に息子のスコープためらいもなし

乳鉢をまわしてはやも半世紀乳棒との呼吸ふたりのようなる

桜枝に長く下がりし糸のさきあな素はだかの犍陀多《かんだた》もがく

「恩返すまで元気でね」と娘《こ》の賀状食べおりし餅のどを通らぬ

鶺鴒の尾羽さえ揺れぬ淡雪の降りざま春はひかえめがよい

三日月の弧を見るにつけ思い出す笑みたる母は眉のよきひと

ひと目見てもう忘られず首ったけ赤毛の子犬にまた会いにゆく

息子《こ》はわが子嫁には夫孫にパパからまるほどに糸の重きよ

蚊とんぼの聡介ふらふら初めての通知表手に仏前へゆく

柄杓もて水打ちやれば杉苔のにわかにざわと立ち上がりくる

去りゆきし故由などはしらぬまま百日紅まっ赤隣りの庭に

「天変地異説」唱えしはキュビエにて桜にも奇妙な茸生えくる

ドナドナ

花八分うぐいすの声聞こえ来てあいなめつつきグラス重ねる

朝露を踏みて林を抜けたれば浅間の山の雲はまっ白

小諸なる古城に訪ねし藤村に『破戒』『夜明け前』されど『初恋』

つま恋うる歌刻まるる歌碑ひとつみつけて碓氷峠は日暮れ

湯殿への道すがら聴くクインテット今宵の虫の声のひときわ

焼きたてのバゲット籠に白樺の林とおろうハイジになって

高山《たかやま》の秋漂うを届きたる宿儺かぼちゃにほくほくと煮る

山門にブルーシートの掛けられていかがなものか墨絵にならぬ

同窓会の決まりし日より落ちつかぬヘルスメーターの針のうろうろ

喪失感を夫と分かち毀たれしがれきに過去を拾いあつめる

花のころ建つと聞いてはこいねがう桜葉のとく散りゆかむこと

虚にほえる犬と知りつつ重き腰あげるにセコムここまではよし

ドナドナと牛は市場へひかれゆくこの列島のどこへゆくなる

夜通しの野分のなごり桜とう矜恃たもちて落ち葉燃えたつ

門を抜くやたちまち門前は赤茶黄色の落ち葉のじゅうたん

鴉の巣いやに豪華は薬師堂の屋根の檜皮を剝がしたでしょう

思い出も修繕されて母さんの時計がふるき時をおしえる

御在所に星の宿りを見上げたる二十歳の夏の夜空はいちど

睨み

カルタ取りする遥いて学園祭に青春という帯がまぶしい

明けみればなんのことない山茶花のひと葉宝石かと思いしが
ポンドカノンン砲なるいにしえを安政の姿にとどめ韮山反射炉

田舎道にぽつんとありし寿司屋消え低きに流れるものとどまらず

紫陽花は衰えゆけど紫式部に色を移してきょう梅雨明けぬ

まっしろな芙蓉の華やぐ傍らの露草のように生きたきものを

見たこともなき虎を描き曼珠院のふすまに永徳睨みをきかす

白き花つけておりたるえごのきの夏の小さき実のほろにがし

朝ははやわたしの修羅のはじまるに「良き心を」と母の声する

塩せんべいのようなる月と思うから西方浄土はまだまだ遠い

モチノキに棟梁のぼりゆきしまま群青の空なにごともなし

あかときに鷺のするどき声ひびき夢は窓から転げおちたり

紫陽花の傍えに立って白鷺のじっと動かずわれも動かず

家いえの窓閉ざされてわれと犬に晩秋の闇まとわりつきぬ

漆喰をはがして匠の驚けりこの蔵に明治の匠の巧み

親子鷹

大歳の鐘鳴りやみて鎮もれるこころに汲めば若水きよら

ひっそりと咲きしピンクの侘助に『化身』の霧子の色香たち来ぬ

のどのどと微睡みおれば昨夜《よべ》よりの夢のおわりに朝日のおよぶ

年始客かえしいただく一服は松月堂の甘露かんろぞ

節分の豆転がしてころころと春きたるらし　しか梅匂う

桜子の赤いランドセル角に消え風と雪とが舞いながらくる

春よ来よ黄をまといて畑にこよお浸しになど摘みてもみよう

春くれば鶯の鳴きうぐいすの鳴けばまた来し春を生きいる

口にせねど思いは同じものならむ落成したるに肩並べたつ

新築の成りしをかこみ咲き盛るさくら　桜子も一年生に

新と旧折り合うところ手探りの親子鷹なれ医の道を来て

蕗のとう食めばほろほろ口中に味蕾が早い春をひろげる

昔日の日本もかくやとマーライオン勢いみせる国に降りたつ

五羽の雛育てし矜恃鴉にもあるらし叫びわれを見下ろす

一瞬に空のくもるは椋鳥の大群さわぎひるがえるため

信号は赤からす舞う空に月秋の日ぐれはほとほとさびしい

するはずなき声と思えば明かりつかぬ隣り家のまえ足早となる

SOUVENIR——アルバムに寄せる13首

大正の世ぞ飛行機をつくらむがためフランスより将校団は

歓迎の岐阜駅前にそれらしき門つくられて凱旋門と

アルバムの表はSOUVENIRとや将校らと祖父母写れるモダン

祖父がそこに居ること不思議フランスのヴァンサンヌ城に同じアルバム

墜落せし飛行機も写りアルバムに苦労というもいささかおおらか

浴衣着て鵜飼の舟に興ずるもオッといわむかフランスびとよ

宮様も東郷大将も訪れし写真あり現場の緊張つたう

スパット式ニュウポール式と耳慣れぬ型式ありて飛行機さまざま

ロシア人の将校たちも訪れしとう穏やかな時代でありしよ

Ruet《リュエー》なる軍曹ありて教育団のひとりなるらしそれしか知らぬ

必ずや在るならねども軍曹の子孫にめぐらす想像たのし

日仏の交流いまに伝えたりガーデンパーティーこなた宴会

フランスの将校たちを迎えたる家そのままぞわが家というは

言伝て

天井のラピスラズリに出るものか西域を描く画伯の気息

三蔵院の壁画にこれは玄奘かはた好胤か小さくちさく

美容師の男の指がわが髪に触れてなにかが裡をはしりぬ

姫街道の今は工事のガードマンが毛槍にあらぬ旗しきり振る

若き日のブーツに足を取られたる年甲斐なさをこっそりしまう

火祭りの炎あかあか焦がすなる群像に探すひと影みえず

柱状節理なるまか不思議あじさいの妖気を添えて玄武洞ある

尊きがお立ちといえる青龍洞太古のマグマ噴けばうべなう

婿殿との微妙なズレも楽しみてどこまでも親　旅のわれらは

大宰府にチャイニーズあふれ合格のお礼参りもそこそこ済ます

湖底より湯の湧くという金鱗湖スカーフに秋の気配をつつむ

血のごとき夕陽入りゆく山門に狐の石像子を抱き座しぬ

言伝てのあらむか夜目に白じろと紫陽花がわれの帰り待ちいる

滅ぼした宿主もろとも自滅するがん細胞といえる不思議は

じくじくと怒りの葡萄の熟しきて落下を避けるすべもはやなし

三分の一を休んで草臥れてかつて働き蜂とよばれしに
小さき手がそろりと粥を運びきぬ梅干しのうえに愛などのせて

盆提灯

メス持つを包丁にかえ夫のさばくターヘルアナトミー寒鰤一尾

このままでいようか母の鏡台の底にヘップバンカットが笑う

一匹の蚊にあしらわれハンドルをとられもういい刺すなら刺して

花つけている浮草のひげ根にはまだ緋めだかの卵がねむる

移ろいは百日紅の花のうえ去年燃えいしがこの年わずか

巣より落ちしひなに餌運ぶ鵯にそっと柔らに朱夏の陽射せよ

鷹らしいいや鳶ならむとにぎわせし雛の消えたり瞬くうちに

仏像を彫るがに歌を詠みしとうチョコ食むように歌えぬものか

益軒は火垂蘭山は星垂にて螢保多留とややこしきかな

色変えてアピールとかや糖尿病デーの岐阜城ブルーに染まる

ダイオードの青と公孫樹の黄に染まる冬ソナ通りなにも起こらぬ

デカルトにはまりカントに燃えし日の顔のたて皺ローラーに消す

新型の季節型のと混乱の現場はインフルエンザ狂想曲《カプリチオ》

盆提灯一つ増えるはひとり減るとう単純をのせて回れる

きょう孫の覚えて帰りこし校歌夫も歌えて夕餉にぎわう

嫁は里へ娘《こ》ら帰りきて盆提灯なないろ模様映してまわる

百日紅の花房揺らす風のでて夕べ遠くにこんこんちきちん

二手橋

黒豆をコトコトと煮る肩のあたり亡母の来ていて砂糖ははやい

娘《こ》に引かれ初詣なる石段の雪にわたしが古希古希と鳴る

遺跡掘る人の影さえ暮れなずむ藪に椿のあかあか散りぬ

薬師堂浄めておれば鶯のほうほうけっこうほうほうけっこう

華やかに咲きしは去年ここまでと今年の花の控えめもよし

山かげに斑雪《はだれ》のありて雪と梅との間あいを春は行きつ戻りつ
スミレとは競うつもりはないけれど紫の無地はんなり纏う

約束の岩魚とどけてくれし人その手に雪の深きを知りぬ

「去年の春巣かけし藪がもうない」と下見の鷺の騒ぎたておる

医師　妻　母の三役こなす娘らはＱＯＬにとまどいている

音を視ているのであろう「展覧会の絵」の十枚に辻井伸行

陽のかおる布団にたちまち乾草のなかのハイジと眠りに落ちる

眠る子の誰がだれだか判らないわが孫みんな日焼けのしすぎ

二人して立ち止まりたる二手橋来し方行く末行くしかないね

朝なさな番いで来たるおはぐろの片割れか今朝ひそと訪いくる

駆けてゆく少年のシャツのま白きがのこり白樺ばやしは晩夏

清も貧も

名古屋にはこれはないだろう嫁ぎたる娘に蛙と星のまたたき

詩仙堂それの韻きを佳しとして丈山の清も貧もうべなう

スタンスを持たないわれは空回りオルゴールの人形壊れています

秋の蟬にここを先途と啼かれては百日紅も色あせゆきぬ

クラウクラウ枝に鴉の言いたてるあなたのでしたかこのカラスウリ

蜘蛛の巣にかかり啼きいる蟬ひとつ赤き夕陽の落ちゆくまでを

喪服ぬぎへたりと座りいる耳につくつく法師秋のあしおと

紫の式部の玉をもらいたる人それぞれの温さをわかつ

河童忌に思いいいたれば『歯車』に偏頭痛書きたりし龍之介

母亡くせし小さき象のエレファンよ月あらば月を母となしゆけ

諸葛菜と教えくれたる人の逝き春はめぐりぬ紫の野に

桃　桜　連翹　木蓮見わたせる春のくれたるアジトは秘密

勢いのあまりて竹は屋根破りあははワッハハ天は近いぞ

手を引きし幼なに引かれ渡りゆく横断歩道ジグザグジグザグ

春一番に花ともどもに誘われてここ「梅の花」にうまし湯葉くむ

ピアニカを聡介が吹けば犬がうたう犬が歌えば聡介がふく

『スーホの白い馬』読みゆくに涙ぐむ心豊かに育ちくれたり

百回忌ともなれば話は戦争の老いの記憶にうなずきあいぬ

リットマン

髪に挿しくれたる母も矢車草もセピアの初夏を回れよまわれ

泊まりゆくものめっきりと減りたれば布団とわれが嵩張りている

期待もち切りたるすいか薄ピンク作りしあなたがまず肩落とす

はだけたる藍の浴衣の衿もとに蟬しぐれ入る午後けだるきよ

飛び立ちてゆきし揚羽は誇らしげなトルコブルーの影のこしたり

聡介の口ぽっかりと洞になるペルセウス流星群ながれこめ

リットマンに聴覚研ぎこし親と子のいずれ赤ひげいずれ青ひげ

医師の夫が薬のむより野菜とれと薬剤師なるわれに言いたり

生きざまは歴史が教えてくれている語録親しみこしヘロドトス

ミニヨンも移ろう季の溜息を聴いたかな枯葉に鼻埋めて　ふう

母の日のははへ訪う人なき庭に届くひかりのわずか温もり

のぞめども紅にはあらぬ吾亦紅よしとしようかわたしも紅い

もみあげの白き夫はとりあえず横にロイヤルウェディングすすむ

どこで掛け違えたのだろうボタン一つこの場にバラが一輪足りぬ

桜枝に雀の遊び揺すられてふわふわはらりくるりんはらり

咲き盛るいまは花桃これよりは余裕の吉野ふふっとわらう

あまおう

焦がしたる小豆じくじく後を引くどうやら明日は冷え込むらしい

夫と子は宮当番の寒空に歳越したるか朝明けがたし

さくさくと霜踏み散歩する犬に肉球のあるけさの寒さよ

山門に火がついたよう山茶花の赤がせつなの夕陽に燃えて

南天ののこる多さに鶫を案じ鶫のきたらば南天案ず

塗っては消し消しては塗ってマニキュアのパーツが女の品を定める

かくばかり鮮やかな色魚にもありてほうぼうのポワレのよろし

サラマンカにソナタの音色響きいて麻緒の努力がいま実を結ぶ

満天星の提灯白くゆれている静謐におれば夜をひとりなり

桜つぼみの今日葬りこしこころぐし前《さき》なる人や後《のち》なる人や

小紫より小さきはイワチドリ小鉢に小花咲く小さきこと

はいと応えて振り向くに母なくてあな木蓮の花のしろじろ

あまおうを含んでいるのは判ってる桜子のくち春かおりたつ

代々のひいな袂に嫁たちの涙のあとを匿しておらむ

鴉には言われたくないが春靴のヒールの膝が笑っているよ

木なるゆえ梅なるゆえに足もとを出でずに梅の青のころころ

忘却論

並んでも待たむよそれも鑑賞の一端「真珠の耳飾りの少女」

もう黙ってしまって青いターバンの少女が何かひとこと言ったが

忘却論ありがたいですエビングハウス人とは忘れる動物らしい

プードルのなにを閉ざした傷なのか避妊手術のナート《縫い跡》六針

老いるとは容赦もなくてかくばかり浮きし静脈なだめむとする

左木曽路とかすかに読めて門前の道標《しるべ》が時の行方をしめす

いまさらの箱階段の昇り降り落ちたら骨折とつぶやきながら

古家もよきことありて四方《よも》ひらき風もろともに夏を通らす

わずかなる舗装の隙に頼りなげ野菊に夏日手ごころもなし

雀らの母性が追わすハシブトの咥えたる雛もう動かない

夜半に聞きおれば蛙の鳴く田より祖母の団扇のすず風とどく

開けられし戸よりそれぞれ人間のなにがしか見え夏はよろしき

会いたいとあれば恩師の想像の中のわたしを壊したくないが

カチカチとホチキスひびきお隣りの屋根の葺き替え泥なくすすむ

ネギ科だというのがひとつ花言葉「恋の予感」なのアガパンサス

ありようは家族より家族の十七人ありて医院の日常うごく

上り坂

うたかたの世に重ねつつ火をつける線香花火にこの夏わずか

五十万人などと聞いてはルーブル展の列に疲れのこの先見える

フェルメールの「天文学者」に刻まれてナチスの鈎十字とやいずこに

こんなにも裡にずしんとプードルの黒い瞳が戸口に待てる

解剖の実習後に肉たべたのは葵　玄白も驚いたろう

夫の手に子の手孫の手ぽっちゃりのＤＮＡを落とさないでね

みんなわがＤＮＡをもつものよ葵　遥　麻緒　耕輝　桜子　聡介

カンパチの腹一文字にさばきおる盲腸切りくれしあの手が

満開の桜に来たるを無粋だなんて鴉の黒もけっこういいわ

数多なるメニューのなかに孫二十歳迷わずシャンデー・ガフを選べり

百日紅の陽炎うせいか行く人の若さが恋するようにまぶしい

メヌエットを共に奏でているのだろう耕輝は曽祖父のバイオリン弾く

旅立つをさみしいという二児の母となりたる今も娘はわが子

三羽の雛巣に鳴きていしあの頃のあなたそうねえ楽しかったわ

われの知らぬパーツ夫はまだもてり「そうだな喜寿の祝いは鳩時計」

上り坂ならむよ集いし子らはみな大きと思いし夫を気づかう

翁

湯に入りて気づきし鈍さもろともにバンドエイドにすり傷かくす

一人減り四人となりしきょうだいのぽつりと「次は私」「いえ私」

臥せる身にこのうえもなき見舞いにてさやけき小鳥の囀りとどく

志賀直哉の旧家に感銘するわれは明治の家にまだ住んでいる

百舌の声も吸われて間どお色もなく香もなき雪が庭をおおうよ

木斛よりどどっと雪の落ちてきて塞がれし道　見上げれば月

お籠など焼《く》べてしまいし後悔のじくじく陣屋の掘り跡にたつ

了入を見つけて暗き蔵を出る平成という光りのなかへ

母の背を丸いと言いしわれの背を「母さん丸いね」言われてしまう

診療を助けてはやも半世紀そろそろ調剤室さる　さらむ　され

目暈して寝込みしわれには主治医六人このうえもなく頼もしきこと

カレンダーにまず連休を調べいるこの分ならまだながらえられる

唇にふれゆく感触なつかしむいいいえ散りくる桜はなびら

ペントバルビタールで眠るがに幇助するディグニタスあるスイスというは

桜子にさくらの咲いて三月はさよならという淋しさのあり

吹く風の間《あい》にもふっとあらわれてこは百日紅愛でたる翁

空耳

平井 弘

手もとに古い白黒写真がある。

裏を見ると昭和三十三年瑞雲院にてとある。ここで岐阜薬科大学の短歌会が開かれたときのものである。環境衛生学を講じておられた小瀬洋喜さんに誘われてわたしも覗いてみたのだ。小瀬さんとの接点はここから始まっている。みんな若かった。

まあ、こんなことから書き始めたのは、この歌集の著者今尾さんも小瀬さんの教え子だからである。写真のなかに知った顔があるかそれとなく持ちかけてみたのだが、笑って答えてくれなかった。

それはそうだろう、今尾さんの在籍されていたのはもうすこし後であり、歌との関わりもまだなかったのだろう。その辺りのことはあとがきに触れられると思う。

それはともかくとして、この出立が当然のことながらその後の今尾さんの歌の色合いを決めることになる。

みたり子は夫が道ゆきわが頭越えてとびかう医学用語は
待合の卒寿が傘寿を若いという会話に調剤の手がとどこおる
青洲の母ならざるにわが鼻に息子のスコープためらいもなし
新と旧折り合うところ手探りの親子鷹なれ医の道をきて
リットマンに聴覚研ぎこし親と子のいずれ赤ひげいずれ青ひげ

こういった歌に見えるように、自身薬剤師となり、お医者さんを伴侶とされているる暮らしぶりが、この歌集の縦糸となっている。お子さんも医の道を継いでくれた頼もしい存在であり、そんな満足感がただよう。

深雪に戸をくりたれば薬医の門鬼がわら転がり雪に目を剝く
守りくれし七福神のさらわれて土塀は冬の星置くばかり
屠蘇揃出さむと入れば古文書の蔵より江戸へつづく道ある
薬師堂開帳の朝嫁に所作教えむとするに亡姑《はは》来てわらう

鴉の巣いやに豪華は薬師堂の屋根の檜皮を剝がしたでしょう

もうひとつ、その嫁ぎ先が中山道に古く御典医をされ今につづく旧家であることも、まあ、めったにない歌材ではあろう。
なんとも羨ましい境遇であり、歌材にこと欠くまいと思うのだが、拾ってみると案に相違して、これがさきの医学がらみの歌ともども思いのほかすくないのだ。あまりそこはという遠慮でもあるのかもしれない。
うーん、難しいものである。歌を作る環境としては、こうなると却って難儀なのかもしれぬ。

なかにあって、「SOUVENIR」一連は異色のものといえよう。

祖父がそこに居ること不思議フランスのヴァンサンヌ城に同じアルバム
墜落せし飛行機も写りアルバムに苦労というもいささかおおらか

日仏の交流いまに伝えたりガーデンパーティーこなた宴会

今尾家にのこる一冊の古いアルバムに想を得たものである。飛行機開発のために訪れた異国の技術団との交流を詠っており、歌集の良いアクセントになっている。今尾さんの住まいのある新加納宿は各務ヶ原の飛行場や工廠に近く、こうした交流もあったのであろう。こういったものがもっと欲しかった。

すこし目先を変えてふだんの歌を見てみよう。

カタコトと電車の響き春はまずわが聴覚を伝わりて来る
サクサクと踏みゆく霜に嗅ぎつけて犬が萌葱の春に尾をふる
逝きし犬ほどに心の繋がらぬ留守番セコムの無線往き来す
このままでいようか母の鏡台の底にヘップバンカットが笑う
ダイオードの青と公孫樹の黄に染まる冬ソナ通りなにも起こらぬ

陽のかおる布団にたちまち乾草のなかのハイジと眠りに落ちる

あまおうを含んでいるのは判ってる桜子のくち春かおりたつ

屈託がないという誤解されかねないが、おおらかな歌いぶりはやはり争えないものである。変にいじけたところがないのだ。孫歌の手放しようなどはもう戦意をなくす。この糖度かなりのものだろう。

わたしの教室に顔を出したころは、まあ、今でもそうだが、表現が硬いなあという印象があった。漢籍でもあるまいし、短歌ってもっと平仮名だろうが、とやりあったものである。そこはだいぶ変わってきた。

桜枝に長く下がりし糸のさきあな素はだかの犍陀多《かんだた》もがく

三蔵院の壁画にこれは玄奘かはた好胤か小さくちさく

詩仙堂それの韻きを佳しとして丈山の清も貧もうべなう

河童忌に思いいたれば『歯車』に偏頭痛書きたりし龍之介
吹く風の間《あい》にもふっとあらわれてこは百日紅愛でたる翁

しかし、それが却って今尾さんの歌の良さともなっていることは否めない。このあたりはその内容と表現がうまく嵌まっているものであろう。その素養は紛れもない。

戦争の気配はいまにゲルニカの瀕死のものら立ちあがりこむ
音を視ているのであろう「展覧会の絵」の十枚に辻井伸行
もう黙ってしまって青いターバンの少女が何かひとこと言ったが

これらを加えておいてもいいだろう。詩歌にとどまらず興のおもむくところ旺盛なものである。

ほかにも旅の歌がかなりあり触れておくべきかもしれないが、ここは読まれる方が情趣を共にされればそれでよろしかろう。その場の空気を切り取ってくる、じつはこれが難しいのだ。一般的にいって旅行詠によいものはすくない。

このあと今尾さんの歌はどう変わっていくのか。

ひとつだけいえるのは、傍目なんか気にかけずに開き直ればよい、ということだ。何かに足を取られていなければ短歌が出来ないというものでもなかろう。それはおおかたの歌人の思い込みというものである。

ガラス戸に頬よせて見る春の雪春待つような亡姑《はは》の名は雪子
きょう孫の覚えて帰りこし校歌夫も歌えて夕餉にぎわう
嫁は里へ娘《こ》ら帰りきて盆提灯なないろ模様映してまわる
われの知らぬパーツ夫はまだもてり「そうだな喜寿の祝いは鳩時計」
上り坂ならむよ集いし子らはみな大きと思いし夫を気づかう

上り坂ならむよ……か。この歌、育ち盛りとかいうのではない、人生の上り坂なのだ。久しく短歌が遠ざけて忘れていたものをここに見つけて、ああ、こんな感懐もあったのだと妙に感じ入った。ここにヒントがある。この充足感また得がたいものであろう。すばらしいことではないか。なにも気おくれすることはない。歌うがよい。

百日紅の花房揺らす風のでて夕べ遠くにこんこんちきちん

空耳か……ふと、われに引き戻される。遠く来たような疲れがある。小瀬さんももういない。

二〇一五年　晩夏

あとがき

私と短歌の出会いは、岐阜薬科大学在学中に短歌クラブ顧問の大野武男先生、小瀬洋喜先生からお誘いいただいたのが始まりでございました。しかしながら卒業後は、縁あってこの地の医家に嫁ぎ、子育てや調剤に追われるなかで歌は細々と続けてまいりました。すこし歌を楽しめるようになりましたのは、テニス中に半月板を損傷し滅入っておりましたとき、たまたま再会した小瀬先生にいろいろご教示いただいたおかげでございます。また、何気なく出詠した歌が各務原文芸祭で優秀賞のトロフィーをいただいたのもとても励みになりました。

そんな私に転機となりましたのは、短歌塾での平井弘先生との出会いでございます。自由奔放な発想と表現の歌作り、文字には顕れぬ行間より溢れる個性の容認など、カルチャーショックを受け、意欲を駆り立てられつつ今日に至りました。

漠然と遠いものだった歌集をまとめたいと思いましたのは、やはり、そろそろ来し方をとの思いからでございます。とはいいましても、出版の知識もなく困惑しております私にアドバイスいただき、選歌から構成に至るまですっかり先生のお手を煩わせてしまいました。そればかりか身に余る跋文まで書いてくださり、お礼の言葉もございません。

歌集名の「薬医門」は、古くからわが家を見守ってくれている門からつけました。題簽はこれも平井先生によるものです。

砂子屋書房の田村雅之さま、装幀の倉本修さまの手ですてきな本にしていただき、ありがとうございました。

また、零れかける私を寛容に受け入れてくださいました岐阜県歌人クラブの皆さん、短歌塾の仲間にも改めてお礼を申しあげます。

それから、私の短歌を暖かく見守ってくれた三人の子どもたち美恵子、亘子、要浩とその伴侶、かわいい六人の孫たち、みんなみんな「ありがとう」。

さいごになりましたが、日々忙しい診療のなか私をバックアップしてくれた夫恒裕の傘寿の日に、この歌集を感謝を込めて届けます。

ここに、私の好きな葛原妙子さんの「薔薇窓」の一首を添えます。

寺院シャルトルの薔薇窓を見て死にたきはこころ虔しきためにはあらず

平成二十七年初秋

薔薇窓みたき　今尾謦子

歌集　薬医門　岐阜県歌人クラブ叢書第98篇

二〇一五年一一月二四日初版発行

著　者　今尾馨子
岐阜県各務原市那加新加納町二一二六番地（〒五〇四―〇九五八）

発行者　田村雅之

発行所　砂子屋書房
東京都千代田区内神田三―四―七（〒一〇一―〇〇四七）
電話　〇三―三二五六―四七〇八　振替　〇〇一三〇―二―九七六三一
URL http://www.sunagoya.com

組　版　はあどわあく

印　刷　長野印刷商工株式会社

製　本　渋谷文泉閣